U0491133

胡童鞋成长小说系列

大战
龙卷风

[马来西亚]李慧星 著
骑士喵工作室 绘

海峡出版发行集团 | 海峡文艺出版社

校园大人物登场喽！

胡童鞋

- 原名叫"胡童缬（xié）"，但常常被叫错字，因此而改名。
- 性格：调皮、大胆、好玩、古灵精怪
- 优点：有正义感、重友情、想象力丰富
- 缺点：喜欢赖床，偶尔懒散
- 爱好：看漫画、看电视、玩
- 职务：巡察员
- 最喜欢的人：妈妈

刘奕雅

- 胡童鞋的闺密
- 性格：胆小、爱哭
- 爱好：吃
- 职务：小组长、图书管理员

妈妈

- 在出版社工作的作家
- 性格：外表优雅从容，内心汹涌澎湃

周子温

- 胡童鞋的同班同学
- 性格：活泼、直率
- 职务：巡察员

王天翔
- 胡童鞋的同班同学
- 性格：强悍、爱面子、好胜
- 特点：最讨厌人家碰他的头发
- 职务：班长

张小棣
- 胡童鞋的同班同学
- 性格：畏畏缩缩，爱自作聪明

陆立昂
- 胡童鞋的同班同学
- 性格：聪明、机灵

邓鼎
- 胡童鞋的同班同学
- 性格：单纯、迷糊、爱吃、"妈宝"

蔡文婕
- 胡童鞋的同班同学
- 性格：乖巧

旅行冰淇淋  　　蔡一结 　　龙卷风

大战龙卷风

故事1：我知道丑字怎么写 ……… 1
童言童语：重要的"废纸" ……… 23

故事2：我的好朋友 ……… 25
童言童语：我想当视频博主 ……… 47

故事3：花美男变"臭美男" ……… 49
童言童语：我想上厕所 ……… 71

故事4：失火了，快逃 ············· 73
童言童语：失火了，救命 ············· 95

故事5：超级讨厌鬼 ············· 97
童言童语：超级麻烦鬼 ············· 119

故事6：大战龙卷风 ············· 121
童言童语：龙卷风来了 ············· 143

欣赏 1

每个人都应该有自己的想法，不要被既定的标准束缚，勇敢地展现自己的特色吧！

哇！谁在墙上乱画，像鬼画符呢！

我知道丑字怎么写

这是我写的书法……

"起立，行礼！"

"老师，早安！"

班长喊口令，同学们向纪（jì）老师道早安。

"同学们，早安。大家等一等……"纪老师向门口看去。

"呼……早安、早安！"裘（qiú）校长捧（pěng）着圆圆的肚子，气喘（chuǎn）吁（xū）吁地走进教室。

"校长，早安！"

"大家坐下……呼……"裘校长掏（tāo）出手帕（pà）来擦汗。

"同学们,今天校长有事要宣(xuān)布。"纪老师说道。

"是不是宣布今天放假一天,不用上课?"胡童鞋举手提问。

"呵呵……胡童鞋,恐(kǒng)怕要令你失望了。"裘校长回答。

"啊……"

"是这样的,我有一个外地的朋友是位书法家,他会在火山市逗(dòu)留一个星期。于是,我便趁(chèn)这机会邀(yāo)请他教你们写书法……"

"校长,为什么是我们班?"

"写书法,能够锻(duàn)炼(liàn)耐心,让你们的心定下来,头脑冷静,修身养性……"裘校长眯(mī)着眼睛解(jiě)释(shì),语气平和、缓(huǎn)慢。

"太高深了,听不明白……"

"这么简单都不明白?校长的意思是,你们太

顽（wán）皮，脾（pí）气也不好，需要修身养性！"胡童鞋的眼神向男生们扫过去。

"胡童鞋，你在说谁？"王天翔立刻反问。

"谁的反应最大，我说的就是谁喽！嘻嘻！"胡童鞋偷笑。

"老大，她在说你呢！"张小棣迫（pò）不及待地报告。

"你……"

"难道你们女生就很乖（guāi）吗？"

他们一人一句地吵了起来，教室里闹哄（hōng）哄的。

"大家记得明天要带毛笔、墨（mò）汁……"裘校长的声音已经被淹（yān）没（mò）。

纪老师看着他们，忍不住摇头。

第二天下午，同学们在教室里等待书法老师。

"嘘（xū）！校长来了！"

"站在校长旁边的就是那位书法家？"

"起立，行礼！校长，午安！"

"同学们，午安。我介绍一下，这位是书法家——钟老师。"

"没想到钟老师是个白胡子的老爷爷！"

"校长的朋友嘛！难道你期待他是一个小伙子？嘻嘻！"

"这……钟兄,这里就交给你了。"裘校长一脸尴(gān)尬(gà)。

"没问题!"钟老师微微点头。

"钟老师,今天我们要写什么字?"

"今天,老师先看看你们的字。大家拿出纸来,在纸上写一个成语。"钟老师说道。

"老师,要写什么成语啊?"

"什么成语都可以，随你们喜欢。"

"那我要写'珍珠奶茶'！"

"我要写'生日快乐'！"

"哈哈，'珍珠奶茶'和'生日快乐'都不是成语啦！"胡童鞋大笑。

"胡童鞋，你要写什么？"

"我要写……'恭喜发财'！"

"哈哈哈哈，'恭喜发财'也不是成语，那是新年贺（hè）词！"陆立昂趁机取笑胡童鞋。

钟老师听到他们的对话，忍不住捏（niē）了一把冷汗。

没过多久，大家都写好了，钟老师逐（zhú）一检查他们的书法水平。

近一半的学生把字写得歪（wāi）歪斜（xié）斜，水平有待改进。

他发现有一个同学的字看起来就像鬼画符，惨不忍睹（dǔ），令他看了差点儿晕（yūn）倒。

胡童鞋成长小说系列

"同学，你的字……谁教的啊？"

"没人教，我自己写的！老师，很美吧？"胡童鞋在等待钟老师的赞（zàn）扬。

"你这'龙飞凤（fèng）舞'四个字，根本就不是书法。"钟老师说完便拿起毛笔，在另一张纸上写了"龙飞凤舞"。

"好漂亮！"

谁说我不知道"丑"字怎么写？

胡童鞋，这个字是"臭"……

"这才是真正的'龙飞凤舞',看起来就像龙和凤在纸上舞动!"

"老师没说,我还看不出胡童鞋写的是'龙飞凤舞'呢!"

"胡童鞋写的是'鸡飞狗跳'吧?乱糟(zāo)糟的感觉!很丑(chǒu)呢!"

"胡童鞋,你知道'丑'字怎么写吗?哈哈哈!"

同学们比较了钟老师和胡童鞋写的字,说出他们的看法。

"同学们想不想写一手好书法?"钟老师问道。

"想!"

"那么,大家就要跟着我所教的,一笔一画,好好地练。"钟老师在纸上写了各种笔画,"这是基(jī)本笔画,你们一定要照着练,一直练到像为止(zhǐ)。"

同学们纷(fēn)纷模仿(fǎng)钟老师的笔画,

在纸上练习。

胡童鞋认真地看着自己的字。

"明明是'龙飞凤舞',怎么会看成'鸡飞狗跳'?他们的眼睛真的有问题。"

钟老师的书法班到今天已经是第三天,大部分的同学都掌握到了技(jì)巧,有明显的进步。

"同学们，只要你们继续跟着我的字来练，终有一天，一定会写得跟我一样！"钟老师鼓（gǔ）励（lì）大家。

"老师，你看看我的字，够标（biāo）准（zhǔn）了吗？"

"你的撇（piě）歪了，跟老师写的不一样！"

"只要我写出来的字跟老师的字一模一样，那我就成功了！"

"我多练几遍，一定会抓到秘（mì）诀（jué）！"

"老师的书法真的很漂亮，每一笔都那么完美！"

突然……

"好难啊！"

有人发出惨叫声。

"胡童鞋，怎么了？"钟老师走过去看。

"老师，我已经拼（pīn）命努力了，但无论怎么写，都不像……"胡童鞋的手上都是墨汁。

"你要静下心来，保持头脑清晰（xī），还要

有耐心，才能写得好啊！"钟老师一看到胡童鞋的字就皱（zhòu）眉（méi）。

"开始学书法后，我就变得越来越急躁（zào），越来越没耐性了！"胡童鞋快抓狂（kuáng）了。

"胡童鞋，你冷静！要不然，你就会成为第一个因为练书法而发疯（fēng）的小学生！"王天翔在那儿嘲（cháo）讽（fěng）。

"哈哈哈哈！"

"老师，为什么一定要写得跟你的字一模一样啊？我们又不是复（fù）印机。"胡童鞋不明白。

"这样才是标准的书法啊！我的老师也是这样教我的。"钟老师解释。

"很标准，也很完美。但是，大家都写得一模一样，你不觉得很单调乏（fá）味吗？"

"啊？"

"为什么刘奕雅不可以把字写得胖胖的？为什么王天翔不可以把字写得壮壮的？为什么周子温不可以把字写得修长、苗（miáo）条？"

"什么东西？这些都是不及格的书法！"钟老师没办法接受。

"但是，这样的字很有个人特色啊！"胡童鞋

嘲讽：嘲笑讽刺。
乏味：没有趣味。

不罢（bà）休。

"总之，你一定要写得跟我的字一样，才算过关！"钟老师转身走开，不想再说下去。

"总之，我还是喜欢我的'鸡飞狗跳'！"胡童鞋嘀（dí）咕。

她按照自己的方式，在纸上写满了字。

今天是书法班的最后一天，钟老师很紧张，因为昨天他突然接到电话，他的老师要来地球小学看看他的教学成果。

"同学们，昨天叫你们回家写的字帖（tiè），都带来了吗？"

"完蛋了！"

"谁完蛋了？"

"老师，胡童鞋没带！"

嘀咕：小声地说话。

大家闹了一轮,钟老师才知道原来胡童鞋忘记把字帖带来了。

"老师,我忘了带字帖,但我有带毛笔和墨汁!"胡童鞋"自首"。

"胡童鞋,你带毛笔和墨汁也没用,今天没练字啊!"

"太好了!昨天还在想,如何不让老师看到胡童鞋的字……没想到,她自己忘记带来了!"钟老师摸着胡子暗想。

"老师,为什么你在偷笑?"胡童鞋察觉到了。

"没……没有啊!"钟老师紧张起来。

"老师,我们写好的字帖,全都交上去给你吗?"杨阳问道。

"你们帮老师把几张桌子合并(bìng)起来排成长长的一排,然后把所有的字帖都排放在桌子上。"

同学们立刻起身动手排桌子。

"排整齐点儿,不要让老师失礼!"王天翔坐着动嘴巴。

没多久,桌子排好了,字帖也整齐地放在桌上了。

"来了、来了!老师的老师来了!"陆立昂喊道。

果然,裘校长带着一位更老的老爷爷出现,老爷爷还扶着一个比他更老的老奶奶。

"各位同学，这位是我敬爱的毛老师，而那位则是毛老师的母亲——毛老夫人。"钟老师见到了老师，变得好像一个小学生那样战战兢（jīng）兢的。

"毛老师好！毛奶奶好！"

毛老师只是微微点头。

"大家下午好！"毛奶奶亲切地回应。

"哇！学校里从来没有同时出现过这么多老人家呢！"

"钟老师的老师……钟老师的老师的妈妈……今天是比看谁最老吗？"

"真没想到，'一人更比一人老'！"胡童鞋又在乱用词语了。

"我只听过'一山更比一山高'……"刘奕雅听了差点儿昏倒。

介绍完毕后，钟老师和裘校长便带领毛老师看学生的字帖，并与他们交流。

"虽然字还不够标准，但基本的形已经有了。

一个星期就有这样的成绩，不错！不错！"毛老师称赞。

"老师，我都照着您教我的方式（shì）来教，要他们学会每一个笔画的标准写法。"钟老师恭恭敬敬地说道。

"妈，您看看，不错吧？"

"妈不会书法，看起来整整齐齐的，很好、很好……"毛奶奶回答。

"老师，您看看这张，我觉得这个同学写得最好……"钟老师继续为毛老师介绍。

同学们都围着两位老师，期待着被赞扬。

毛奶奶觉得无趣，自个儿走开了。

她在教室里东看西瞧（qiáo），还走到后面去。

胡童鞋一个人无聊（liáo）地坐在后面。

"这里写了什么啊？太小了，看不清呢！"毛奶奶在看布告栏（lán）。

"毛奶奶，我念给你听！"胡童鞋很热心。

"好啊！谢谢你啊！"

"不随波……不……自……"胡童鞋发现她只会念几个字。

"啊？"毛奶奶听不懂。

"哈，我把字写出来给奶奶看！"胡童鞋的脑筋（jīn）动得快。

她立刻拿出毛笔和墨汁，把布告栏上的那几个字写得大大的。

胡童鞋成长小说系列

这字真小，写了什么啊？

这两个字那么大……

安静

"毛奶奶，你看！"胡童鞋把纸递（dì）给她。

"啊！"毛奶奶突然大叫。

毛老师紧张地走过来，其他的人也围上来看发生了什么事。

"妈，怎么了？"

"小毛，这字写得……"毛奶奶把胡童鞋的字递给毛老师。

人算不如天算，钟老师当下大惊失色。

"小钟，你怎么教书法的？这字怎么解释？"毛老师厉（lì）声责问。

啪（pā）！

"哎哟！妈，你怎么打我的头？"

"这才是字！刚才那些标准又完美的字，都是没有感情、没有生命的字！"毛奶奶教训儿子。

"啊？"

"我喜欢这个同学的字，充满生命力，感情丰富、纯（chún）真、自然，不造作！"毛奶奶很感动。

所有的人都难以置（zhì）信。

"你要好好地思考一下，什么是书法。"毛奶奶又敲了一下毛老师的头。

钟老师送贵宾（bīn）们走时，同学们纷纷围着看胡童鞋的字帖，热烈地讨论了起来。

"谁要学写有感情、有生命的字？我来教，同

学价，有折扣哟！"胡童鞋趁机宣（xuān）传。

虽然胡童鞋的字很有特色，但她还是决定先把基本的书法练好，再发挥（huī）自己的创意。

重要的"废纸"

终于写好了……

这胡童鞋又不收拾桌子，一大堆废纸！

哎哟，想上厕所！

妈妈，你有看见我的字帖吗？

字帖？我以为是废纸，拿去丢掉了。

我的妈呀！

故事 2

吹牛是很不好的行为，会令别人不再相信你的话。千万不要养成这种坏习惯。

我们……认识吗？

嘻嘻！你好！

24

我的好朋友

哇,张小棣认识"旅行冰淇淋"呢!

是吗?

早上。

纪老师临（lín）时要开会，她便吩（fēn）咐（fù）班长让同学们做作业。

"喂，你们全给我安静地完成作业，谁没做完，我就抄他的名字！"王天翔警（jǐng）告同学们。

说完后，他就回到座位上跟他的兄弟们聊天。

"那个王天翔，叫我们做作业，他自己就在那里聊天！"胡童鞋愤（fèn）愤不平。

"对啊，一点儿都没班长的样子！"

"纪老师应该是看中他一身发达的肌（jī）肉，

捧作业时孔（kǒng）武（wǔ）有力，所以才选他当班长！嘻嘻！"胡童鞋猜（cāi）测（cè）。

"呵呵呵……"刘奕雅掩（yǎn）嘴偷笑。

"刘奕雅！你又买了新手表？"胡童鞋抓住刘奕雅掩嘴的手。

"真的！这是最新推出的名牌儿童版（bǎn）运动表，很贵呢！"

"好像要三千元！"

"这是妈妈奖（jiǎng）励（lì）我取得好成绩的礼物，我不知道价钱！呵呵……"刘奕雅马上把手表脱下来，让闺（guī）密（mì）们试戴（dài）。

"喂，那边一直在讲话的几个女生，你们完成作业了没？"王天翔对着她们大声喊。

"你们不是也在讲话？没管好自己，还要管别人！"胡童鞋不甘（gān）示弱（ruò）。

孔武有力：形容力气很大。
不甘示弱：不甘心自己比别人差。

胡童鞋成长小说系列

鬼鬼祟祟的，肯定有古怪！

我们在讨论女生的秘密，你也想听吗？

"哼！你们鬼鬼祟（suì）祟的在干什么？是不是带了不应该带的东西来学校？"王天翔赶快转移话题。

"老大，我去帮你调（diào）查（chá）！"张小棣一说完就冲向胡童鞋她们。

"张小棣，你也太热心了吧？"蔡文婕说他。

"哈，还以为你们大呼小叫地在讨论什么东西，原来是名牌儿童版运动表！"张小棣看到了胡童鞋手上的手表。

"嘿，看不出你还认识这名牌（pái）手表哟！"

"当然！我家里的名牌手表一大堆。对我来说，这手表只是小儿科！"张小棣炫（xuàn）耀（yào）。

"怎么没见过你戴手表啊？"周子温问他。

"我妈妈担心我会弄丢了手表，所以不让我带来学校啊！"张小棣解释。

"张小棣，听说这款（kuǎn）手表还没开始在火山市售（shòu）卖，那你是在哪里买的啊？"胡童鞋怀疑（yí）他说的话。

"我……你们这些土包子，告诉你们吧，那是我和家人去美国旅（lǚ）行时，爸爸在那里买给我

小儿科：借指价值小的事物。
土包子：指没有见过世面的人（含讥讽意）。

的！"

"不知道是不是真的……"胡童鞋还是不相信。

"信不信由你！我一向用的都是名牌东西，只不过没带来学校，所以你们不知道！"

"张小棣，你就把手表带来给她们看看啊！让她们心服口服。"陆立昂说道。

"对啊，请你带来让我们心服口服吧！"胡童

鞋故意刺（cì）激（jī）他。

"这……好吧！"张小棣回答。

一个星期后……

"喂，谁不相信的，快过来看名牌运动表！"张小棣一走进教室就大声嚷（rāng）嚷。

"哇！可以借我戴一会儿吗？我从来没戴过三千元的手表呢！"林中竹很羡（xiàn）慕（mù）。

"我猜你应该连三百元的手表都没戴过吧？哈哈哈……"

大家围（wéi）着张小棣看他的名牌手表。

"要戴……没问题，但小心别弄坏了，我担心你们赔（péi）不起！"张小棣不太想让他们试戴。

"哇，戴上名牌手表，我感觉自己变得很贵气呢！"林中竹不断地摆（bǎi）姿势。

"喂，你小心一点儿啊！别弄花了！"张小棣很紧张。

"张小棣,你家里还有其他的名牌手表吗?"

"不只是手表,还有文具、背包、鞋子、衣服、电脑、手机……我都是用最贵、最好的,而且都是在外国旅行时买的!可惜,妈妈不让我带来学校。"张小棣表示无奈(nài)。

"哇,那你去过很多国家旅行吗?"

"每逢(féng)学校假期,爸爸就会带我们去

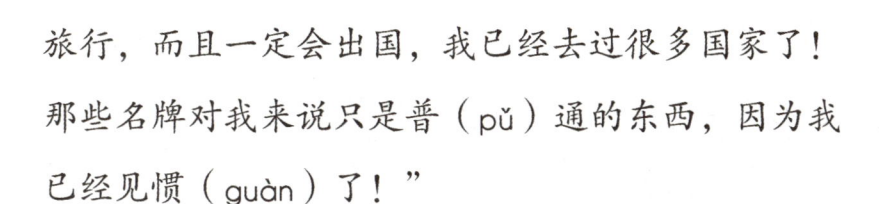

旅行，而且一定会出国，我已经去过很多国家了！那些名牌对我来说只是普（pǔ）通的东西，因为我已经见惯（guàn）了！"

"不知道我们这些土包子，什么时候有机会看你出国旅行的照片呢？"胡童鞋冷不防（fáng）地问他。

"哎哟！我的照片很多，都还没整理……等整理好了，我就传到网上，让你们慢慢欣赏！"张小棣回答。

"下个星期好吗？你就先整理一些照片出来，不用全部啦！我们实在是太想看了！"胡童鞋给他一个期限（xiàn）。

"胡童鞋，你很烦咧！"张小棣有点儿焦（jiāo）躁（zào）。

焦躁：着急而烦躁。

胡童鞋成长小说系列

"谁叫你是班上唯一去过那么多国家的同学，你就让我们这些土包子大开眼界（jiè）吧！"胡童鞋笑眯（mī）眯的。

"你……"张小棣说不出话来了。

星期六，在月亮补习中心里。

"嘿，你们有看到昨晚张小棣上传的旅游照片吗？"蔡文婕从书包里掏（tāo）出手机。

"哇，快打开来看看！"

几个女生围在一起，看张小棣上传的照片。

"就是这些，一共有二十多张……"

"美国、英国、韩（hán）国、日本……他真的去过很多国家玩呢！真羡慕他！"周子温惊叹。

"但是……这些照片好像有点儿奇怪。"胡童鞋重复地看张小棣的照片。

"哪里奇怪？"

"胡童鞋，你看到照片了吧？怎么样？你去过哪些国家？最多……只有一个吧？哈哈哈！"张小棣走了过来。

"看到是看到了，但是……"胡童鞋还没想到照片哪里不对劲（jìn）。

"但是什么？你是不是太羡慕，所以嫉（jí）妒我，又想要说一些怀疑的话？"张小棣问她。

"嫉妒？"胡童鞋瞪（dèng）大眼睛看着他。

"会嫉妒是正常的，我明白你们的心情。"张小棣安慰（wèi）他们。

"张小棣，你去过那么多国家，怎么没拍视频（pín）传到网上啊？就像那个很红的视频博主'旅行冰淇淋'，他常常上传旅游视频呢！"林中竹说道。

"旅行冰淇淋！我也有关注他！"

"我也是！"

"他说话有趣（qù）又好笑，视频很好看呢！"

"哼，你们知道为什么他会选旅游作为视频的主题吗？"张小棣问他们。

"不知道呢！你知道？"

"我当然知道，因为是我教他的！这是我去很多国家旅游后，所得到的点子，但我不想出名，所以就把点子告诉他，叫他拿来用。"张小棣竟然这样回答。

"噗（pū）！"正在喝水的胡童鞋听了，把满口的水喷（pēn）在地上。

张小棣用眼角（jiǎo）瞄（miáo）了她一下。

"哇，原来是你教旅行冰淇淋的！你太厉（lì）害了！"

"你们的感情一定很好吧？"

"这是肯定的啊！他常常请教我有关旅游的事，我还去过他的家呢！"张小棣继续说道。

"天啊，你真的是我的偶（ǒu）像！"

"咳咳……"胡童鞋听到他们的对话，不知怎么的被水呛（qiāng）到，咳个不停。

今天，裘校长在开周（zhōu）会时宣（xuān）布了一个好消息。

"我知道同学们都喜欢拍视频，想当视频博主。因此，我特地邀（yāo）请了本地一名知名的年轻视频博主来跟大家分享（xiǎng），他如何成为一名视频博主，当视频博主的正确方法，以及各种需要知道的网络（luò）安全问题。"裘校长说道。

"哇，年轻视频博主！会是谁啊？"

"太棒（bàng）了！"

"不会是旅行冰淇淋吧？"张小棣的心情七上八下的。

"让我们欢迎……旅行冰淇淋！"裘校长用力鼓掌。

"大家好,又是我——旅行冰淇淋!欢迎来到我的频道!"一名年轻的男生走到台前,用他在视频里的方式跟大家打招呼。

"我的天,真的是旅行冰淇淋!"

"快扶(fú)着我,我快晕(yūn)倒了!"

"我是不是在做梦啊?"

胡童鞋成长小说系列

台下的同学们一阵骚（sāo）动，欢呼声四起，大家都兴（xīng）奋（fèn）得无法控（kòng）制（zhì）情绪（xù）。

"张小棣，看你的样子，好像不知道旅行冰淇淋会来哟？"

"我……当然知道！原本……不是今天的，改期了，他应该是来不及通知我！"张小棣支支吾吾。

"哦，是吗？"胡童鞋斜（xié）眼看着他。

"你想说什么？"张小棣很紧张。

"没什么。"胡童鞋吹了一口气，然后用手在头上比了个牛角，叫了一声，"哞（mōu）！"

"她在暗示我……吹牛？"张小棣心里一惊。

旅行冰淇淋的分享会十分精彩，大家都听得津津有味，还有很多同学举手想提问。

支支吾吾：说话吞吞吐吐。
吹牛：说大话。

"各位同学，由于上课的时间到了，你们先回去上课。旅行冰淇淋将会逐（zhú）一到你们的教室近距（jù）离接触（chù），到时候，你们再向他提问。"裘校长安排。

"我要好好地想待会儿要问什么问题！"

"张小棣，你怎么没跟旅行冰淇淋打招呼啊？他知道你在这里念书吗？"林中竹问他。

"他当然知道！只不过……我告诉他别让人家知道他认识我，我不想成为焦（jiāo）点！"张小棣回答，"待会儿你们也别提这件事，我不想抢了他的风头，今天他才是主角（jué）！"

"没想到你那么谦（qiān）虚（xū）呢！"胡童鞋说道。

"胡童鞋，我警告你，别乱说话！"张小棣转头瞪着她。

"你管我！嘻嘻！"胡童鞋对他扮鬼脸。

不知等了多久，旅行冰淇淋终于来到了海洋班

的教室。

"同学们好！我不用自我介绍了吧？你们有什么问题想问我吗？"

"请问可以跟你合照吗？"林中竹第一个举手。

"哈哈哈哈！"

大家哄堂大笑。

我是地球冰淇淋！啾咪！

喂！不是要跟我合照吗？

"哈哈，当然可以！"旅行冰淇淋很亲切。

"太棒了！"林中竹开心得跳起来。

"哇！"同学们很羡慕。

纪老师帮他们拍完照后，林中竹兴奋地跟旅行冰淇淋握（wò）手。

"旅行冰淇淋，请问你可以给我你的私人电话号码（mǎ）吗？我想跟张小棣一样，与你成为朋友，天天联络！"林中竹兴奋得把张小棣的话都忘光了。

"张小棣？"旅行冰淇淋不明白。

"我的天……"张小棣赶快低头假装绑（bǎng）鞋带。

"张小棣！"同学们往他的座位看过去，还一起喊他的名字。

"怎么办？怎么办？"

突然……

"旅行冰淇淋，其实，张小棣认识你很久了，常常关注你的一举一动，以你为学习的目标，还把

你介绍给我认识,我才知道原来你这么厉害,所以我也想成为视频博主!"胡童鞋站起来说话。

"真的吗?太好了,你们下点儿功夫,一定会比我厉害!"

"时间不多了,我们来一张大合照吧!"纪老师说道。

拍了大合照后,旅行冰淇淋就去下一间教室了。

> 喂,你干吗绑我的鞋带?

> 张小棣快过来!

> 糟了!糟了!

"呼……"张小棣松（sōng）了一口气。

"胡童鞋，谢谢你不但没有揭（jiē）发我吹牛，反而为我解围……"张小棣在四周没人时，向胡童鞋道谢。

"你也知道你吹牛啊？不必道谢，我帮你可是有条件的。"

"啊，什么条件？"

"我要你发誓（shì）再也不吹牛！"胡童鞋认真地说道。

"没问题！"

"那一天，你带来的名牌运动表……"

"嘻嘻！那是王天翔借给我的。"

"我就知道！你真的很爱吹牛！"

解围：使人摆脱不利或受窘的处境。

"你放心，我答应你的事，一定会做到！上次我答应王天翔要帮他买模（mó）型（xíng），我排队排了三天三夜，坚（jiān）持到底，终于买到了，还上了报纸的头条新闻呢！"张小棣越说越夸（kuā）张。

"你真的是没药救了！"胡童鞋翻白眼。

你看，我能吹动一头牛呢！

我想当视频博主

胡童鞋，你在干吗？

妈妈！嘻嘻……

干吗用我的化妆品？

因为我想化妆，当视频博主！

但是，这样化妆漂亮吗？

我不要漂亮，我想成为搞笑视频博主！

加……油。

故事 3

口臭不但为自己带来烦恼，也会影响交际，所以我们要勤刷牙，时常注意口腔的卫生。

我的姿势摆了这么久，她们什么时候才会经过？

花美男变"臭美男"

蔡修杰在那里！

快走！

假期结束了，地球小学的学生又回到了校园的怀抱。

　　今天一早，当蔡修杰向教室走去时，看见五六个女生站在走廊（láng）上。

　　"他来了！他来了！"

　　"啊，好紧张！"

　　"他好像在看着我！怎么办？"

　　一看见蔡修杰走过来，她们就激动得很。

　　"嘿！各位女生，早安哟！"蔡修杰露（lù）出招（zhāo）牌（pái）阳光笑容。

"啊！"

"修杰哥哥，我准备了早餐（cān）给你！"

"修杰哥哥，我请你喝牛奶！"

她们把蔡修杰紧紧地包围（wéi）着，迫不及待地把手上的食物递给他。

"哎哟，修杰哥哥很感动呢！谢谢你们啊！呵呵……"蔡修杰不断地转身向她们道谢。

每当蔡修杰跟他的粉丝说话时，总是喜欢把脸凑（còu）得很近，他觉得这样才能展（zhǎn）现

他的魅（mèi）力。

"啊……"

当蔡修杰道谢时，她们的表情突然变得怪怪的，身体还往后倾（qīng）。

"我们……先回去上课了……"

"再见……"

没一会儿，所有的女生都走掉了。

"怎么走得那么快？还想给她们多一点儿机会来接近我，多看我几眼呢！"蔡修杰觉得纳（nà）闷（mèn）。

他捧着一大堆的爱心早餐进入教室时，惹（rě）得同学们都羡（xiàn）慕（mù）不已。

"唉，人帅就是这样！那么多人送东西给我，我也很烦呢！"虽然蔡修杰嘴上这么说，其实他的心里高兴得要命。

纳闷：疑惑不解。

花美男变「臭美男」

最近几天，蔡修杰觉得怪怪的。

"这几天来找我的粉丝少了很多，走廊上遇见的时候，她们没像以往那样围上来找机会跟我聊两句……怎么会这样呢？"

"喂！蔡修杰，今天没爱心早餐吗？"同班的安之涵在隔两排的座位上问他。

蔡修杰不再是男神了！

哈哈哈哈！

喂，你不要乱说！

"是我担心粉丝们浪费钱,所以叫她们不要天天买早餐给我!"蔡修杰被说中了心事,急忙解释。

"哦,原来是这样啊!我还以为你的人气下降,粉丝会解散了呢!哈哈哈哈!"安之涵发出狂笑声。

"你乱讲,你才人气下降!我的粉丝会不知多庞(páng)大,几乎全校的女生都加入了呢!"蔡修杰不甘(gān)示弱(ruò)。

"全校的女生?怎么我完全不知道啊?你应该是在做梦吧?"

"当然啦!我都不知道你算不算是女生……"蔡修杰小声地嘀咕,他不敢让安之涵听见。

"蔡修杰,外面有人找你!"有人喊道。

"一定是我的粉丝!"蔡修杰急忙站起身走出去,还不忘给安之涵一个示威(wēi)的眼神。

示威:向对方显示自己的力量以达到威吓的目的。

果然，外面站了一个手上拿着纸和笔的小女生。

"修杰哥哥，请问……你可以帮我签（qiān）名吗？"小女生紧张地问道。

"啊……当然可以！"蔡修杰走近她，接过纸和笔，"同学，你叫什么名字呢？呵呵……"

只见小女生的样子突然由兴奋变成了发呆，她瞪大了眼睛，好像受了很大的惊吓。

但是，蔡修杰在专心地签名，他并没察觉到小女生的反应。

"今天你很幸运呢，有机会跟我单独（dú）聊天，平时你不可能有机会靠近我，得到我的亲笔签名。呵呵……"蔡修杰努力露出迷人的笑容。

"啊……"小女生竟然开始往后退。

"见到偶像，你一定很紧张、很激动吧？我了解的……"蔡修杰想要向前安抚（fǔ）她。

"谢……谢谢！"小女生接过纸和笔，转身拔腿就跑，很快就不见踪（zōng）影了。

"喂！同学……"难得有粉丝找上门，蔡修杰还想跟她多聊几句。

"那同学是不是认错人，找错人签名了啊？要不然怎么跑得那么快，见到偶像就像见到妖（yāo）怪那样？哈哈哈哈！"安之涵在教室里狂笑。

蔡修杰心里也觉得不对劲。

修杰哥哥给你签名……

咦，怎么跑掉了？

"到底发生什么事了？难道我蔡修杰已经失去了魅力？不再是万人迷？"

这个星期，蔡修杰被分配（pèi）到礼堂外站岗（gǎng），他的搭（dā）档（dàng）是胡童鞋。

当他向礼堂走去的时候，刚巧遇见了一群女生迎面走来，他们之间有一间教室的距（jù）离。

"咦，那几个不是一直都在追踪我，无论我到哪儿去站岗，她们都会在那里出现的粉丝吗？"蔡修杰认出来了，"她们一定是知道今天我会在礼堂站岗，所以跟着来了！"

于是，他赶紧拨（bō）了拨头发，准备用万人迷的笑容来跟她们打招呼。

那群女生一见到蔡修杰，慌（huāng）张了起来。

"哎哟！粉丝们见到偶像就紧张，我了解她们的心情。"蔡修杰甩（shuǎi）了甩头发，双手插（chā）在裤袋里，靠着墙（qiáng）站着。

"啊!"

那几个女生竟然在惊叫后作鸟兽(shòu)散,一下就不见了人影。

"哈哈哈哈!哈哈哈哈!"

鸟兽散:(成群的人)像受惊的鸟兽一样四处逃散(含贬义)。

没想到这一幕（mù）那么巧被安之涵看到了，她捧着肚腩（nǎn）不停地狂笑。

"笑死我了！有人自以为是万人迷，结果是自作多情！"

"你……"蔡修杰觉得很丢脸，他转身加快脚步往礼堂走去。

当他到达礼堂外面的时候，胡童鞋已经站在那里了。

胡童鞋戴着口罩（zhào），因为她感冒（mào）了。

"蔡修杰，早安！"

"唉……"

"唉声叹气的，你怎么了？"

"我觉得我的世界末（mò）日来临（lín）了……"蔡修杰沮（jǔ）丧（sàng）地掩（yǎn）着脸。

"哇，你别哭！我不懂得如何安慰男生！"胡童鞋慌了起来。

"你知道吗？我的眼睛没有流泪，但是我的心在哭泣（qì）……"

"到底发生了什么事？"

于是，蔡修杰便把粉丝逐（zhú）渐（jiàn）离他而去的事告诉了胡童鞋。

"我竟然'掉粉'了……"

"你的粉掉了？你有擦（cā）粉吗？"

"'掉粉'的意思是粉丝减少啦！你说，除了我之外，地球小学里还有谁比我更有魅力？"

"杨阳！"胡童鞋不假思索地回答。

"你班上的杨阳？啊，一定是他抢走了我的粉丝！"

"正常的人都会把杨阳当偶像……"胡童鞋小声说道。

"你说什么？"蔡修杰没听清楚。

"啊！我说……我可以帮你。"胡童鞋情急之下，随口回答。

"真的？太好了！你有什么办法？"

"这……以前你是如何让同学们喜欢你的？"胡童鞋问他。

"这还用问吗？当然是我俊美的样子，还有温柔（róu）的态度啊！"蔡修杰不敢相信胡童鞋竟然不知道。

"OK……那你就尽量发挥你的长处……"

你没看见一个俊美又温柔的美男子吗？

哪里？谁？哪位？

胡童鞋成长小说系列

"你的意思是说，我要让自己变得更俊美、更温柔？"

"还有，你不要只接受粉丝送的礼物，你也要送礼物给她们啊！"

"送礼物给粉丝？"

"对啊！你可以自己做书签，在上面写一些鼓励（lì）的话，签上大名……"

"啊，我怎么没想到！她们一定会抢着要我的书签，拿到后肯定睡不着觉！"

"这……"

"我知道怎么做了！胡童鞋，谢谢你！你不愧是我粉丝会的会长！"蔡修杰激动地抓着胡童鞋的双肩（jiān）。

"什么会长？才不是咧！"胡童鞋立马推开他撇（piē）清关系。

蔡修杰真的照着胡童鞋的方法去做，希望可以拉回粉丝的心。

他更注重自己的外表了，把头发弄得更柔顺，还照镜子不断地练习最迷人的笑容。

"地球零死角颜值（zhí）！"他还研究了不少迷人的姿势，力求最完美的形象。

当蔡修杰信心满满地带着一大袋的书签去学校时……

"嘿，你想不想要修杰哥哥的亲笔签名书签？"他问一个站在走廊上的女生。

他一边问，一边摆出一个迷人的姿势。

"啊……不！"女生好像吓到了，皱（zhòu）着眉（méi）头跑掉了。

"她应该是刚转学来的，不认识我。"蔡修杰安慰自己。

但是，接下来的情况（kuàng）也跟那个女生的反应差不多，当蔡修杰一开口说话时，她们就想要避（bì）开他。

虽然还是有同学接受了他的书签，但当蔡修杰想要和她们聊天时，她们就急匆匆地走掉了。

"天啊，怎么会这样？难道真的如安之涵所说的，粉丝都把我当成了可怕的妖怪？"

到了站岗的时间，蔡修杰远远地见到胡童鞋就奔（bēn）向她哭诉："胡童鞋，我真的'掉粉'了，快救救我！呜……呜……"

"哇！哇！哇！"胡童鞋的反应突然很大，快速（sù）向后退了三步。

"你……怎么你的反应跟我的粉丝一样？你也把我当成妖怪吗？"蔡修杰不能接受。

"你不要靠近我！"胡童鞋阻（zǔ）止（zhǐ）他。

"为什么……"

"我问你，你送书签的时候，粉丝是不是一直避开？"

"对啊……你怎么知道？"

"现在我终于知道你'掉粉'的真正原因了！"

"你知道了？快告诉我！"蔡修杰心急地向胡童鞋走去。

"你别过来啦！"

"难道我真的变丑了？不再是'花美男'？"

"你还是'美男'，但是，你变成了'臭美男'！你的嘴巴怎么会比垃圾桶还臭啊？"胡童鞋的眉头

皱成了一团（tuán）。

"'臭美男'？我的嘴巴很臭？前几天你怎么没说臭，今天才说臭？"蔡修杰不相信。

"前几天我感冒，鼻子失灵（líng），完全嗅（xiù）不到气味啊！"

"也对……"

"蔡修杰,张开你的嘴巴给我看看!"胡童鞋捏(niē)着鼻子靠近他。

"啊……"蔡修杰听话地张开嘴巴。

"哇!牙齿又黑又脏,难怪那么臭!别告诉我,你都没刷牙!"胡童鞋惊叫。

"这……为了多睡一会儿,有时候我就没刷牙,节省出门的时间。上个假期里,我完全没刷牙,习惯后就变得懒(lǎn)惰(duò)了……"蔡修杰这才说出实情。

"原来你只注重外表,却不注重卫生!"

"我以为牙齿在嘴巴里面,没人看见嘛……那现在怎么办?"

"你最好去看牙医,救一救你的口臭问题,还要每天勤刷牙。"胡童鞋劝他。

"好吧……"

胡童鞋成长小说系列

一个星期后……

胡童鞋在走廊上遇见蔡修杰，她紧张地想知道他的情况。

"蔡修杰，怎么样？看牙医了吗？"

"嗯。"蔡修杰点头。

"牙医帮你解决问题了吗？"

"嗯。"蔡修杰点头。

"现在你每天都刷牙了吗？"

"嗯。"蔡修杰点头。

"喂！你干吗只会嗯、嗯、嗯和点头啊？不会开口说话了吗？"胡童鞋受不了。

"嗯！"这一次，蔡修杰急得摇（yáo）头了。

"你再'嗯'，我就不理你了！"

"牙医说，我有很多蛀牙，帮我拔掉了！呜呜……"蔡修杰终于开口了。

胡童鞋一看，他的嘴巴里真的少了很多牙齿，

样子变得很滑（huá）稽（jī）。

"你的牙齿……"胡童鞋忍住不笑，"那以后你可要好好地照顾口腔（qiāng）卫生了啊！"

"我知道了。呜呜……"蔡修杰后悔（huǐ）极了。

滑稽：形容言语、动作引人发笑。

"闭上嘴巴的话,你是'花美男';张开嘴巴,你就是'没牙男'!嘻嘻!"

"这样肯定大'掉粉'!我不要啦!"蔡修杰难过得大哭了起来。

我想上厕所

修杰哥哥！我可以跟你要签名吗？

你竟然不理忠心的粉丝？

你太不尊重粉丝了，快帮人家签名！

我急着上厕所啦！

抱歉！

故事 4

发生火灾时,我们要保持镇定、遵守秩序,并运用常识和技能来帮助自己逃生。

失火了,快逃啊!

救命!

失火了，快逃

为什么他们在喊救命？

好香！好吃！

今天上科学课的时候，柯（kē）老师教同学们用带来的材料做模型，准备在下个星期的科学展里展出。

胡童鞋这一组做的是万花筒（tǒng）。

"到时候，我们的万花筒一定会有很多人想玩！"胡童鞋对自己的作品很有信心。

"这……不一定……"周子温吞吞吐吐的。

"为什么？"

"胡童鞋，你看那边！"蔡文婕指向后面。

胡童鞋望了过去。

失火了，快逃

陆立昂做的火山模型太夸张了吧？

轰！

轰！

"哇，陆立昂的火山模型好厉害！"

"对啊！好像真的一样，还会喷（pēn）烟呢！"

"杨阳也做了火山模型，而且好几座可以一起爆（bào）发！"

"杨阳的火山模型像真的一样呢！"

原来"四大天王"的小组和杨阳那一组不约而同地制（zhì）作火山模型。

75

"当然是我们组的火山最厉害！"王天翔神气地说道。

"对啊！"张小棣也大声附（fù）和（hè）。

其实，他们的小组只有陆立昂一个人在动手做，王天翔只负责（zé）提供（gòng）各种材料，而张小棣和邓鼎只负责递胶水、剪胶（jiāo）带而已。

铃——

突然，铃声大响（xiǎng），而且久久不断。

"发生什么事了？还没到下课时间啊！"

"铃坏掉了吗？"

铃声终于停下了，裘校长的声音在广播中响起。

"各位老师和同学，请大家马上到礼堂集（jí）合！"裘校长重复了好几次。

附和：（言语、行动）追随别人（多含贬义）。

"哎哟,怎么在这时候到礼堂去啊?"陆立昂不想放下手上的模型。

二十分钟后,全校师生终于在礼堂集合了。

裘校长在台上已经等候多时,他不断地和身边一个穿着制(zhì)服的陌(mò)生人说话。

"那不是消防(fáng)员吗?"

失火了,快逃

胡童鞋成长小说系列

"今天怎么会有消防员来我们的学校?"

"难道失火了?"

同学们议论纷纷。

"各位同学,请大家别担心,今天没发生火灾。但是,火灾要来前,它是不会通知你们的。因此,今天我特地邀(yāo)请了消防队的萧(xiāo)队长来跟我们讲解有关防火的事,还有指导(dǎo)我们如何进行消防演习。"裘校长说道。

"消防演习?"

"消防演习就是模拟(nǐ)真正火灾的一个活动,目的是让我们做好准备,在真正发生火灾时,懂得如何逃生。"萧队长解释。

"萧队长好酷(kù)啊!我长大后,也要当消防队长!"胡童鞋双眼发亮。

"啧(zé),有什么酷的?来礼堂浪费(fèi)我的时间!"王天翔很不屑(xiè)。

"我只想赶快回去完成火山模型!"陆立昂也

失火了，快逃

不耐（nài）烦。

"当你们一听见长长的铃声响起，那就是火灾警报。你们必须立刻放下手上的所有东西，在老师的指挥（huī）下走出教室，到操场集合。大家的动作一定要快，但不要急，要守秩（zhì）序（xù），

千万别推挤（jǐ）……"萧队长仔（zǐ）细（xì）地讲解。

胡童鞋和杨阳认真地在听，而大部分的同学和"四大天王"一样，在台下玩闹、说话，根本没听进去。

"好了，大家都听清楚萧队长的讲解了吧？你们先回教室，注意铃声，我们再来一次消防演习。"裘校长说道。

当大家刚坐到座位上时，长长的铃声又响起了！

铃——

"烦不烦啊？"王天翔和陆立昂才刚拿起火山模型。

他们放下模型，心不甘情不愿地跟着班级走下楼去。

消防演习终于结束了。

"都没发生火灾，真不知道要这样的演习来干吗，真无聊！"陆立昂埋（mán）怨（yuàn）。

"对啊！上上下下的，害我全身都是汗！"王天翔也抱怨。

一个星期后……

"陆立昂，明天就是科学展了，我们的火山模型做好了吗？"王天翔紧张地问道。

"没问题，待会儿上科学课时，我再修（xiū）一修就好了！"

"那我就放心了。"王天翔拍拍胸（xiōng）口，"我们一定要做到最好，千万别让杨阳那一组抢了风头！"

"老大，你放心啦！我们的模型肯定是全场最强！"张小棣给他打了一支"强心针"。

"我们好像都没做什么，只有陆立昂一个人在做……"邓鼎说道。

"没有我们精神上的支持，陆立昂也做不来

的！"张小棣反驳（bó）。

上科学课的时候，陆立昂在做最后的冲刺，努力把火山模型做得尽善（shàn）尽美。

铃——

长长的铃声又响起了！

"不是吧？又来？"王天翔快抓狂了。

"这样下去，我们要如何完成啊？"陆立昂很苦恼。

"演习完了又演习，都没发生过火灾，不知道要这么多次演习来干吗！"张小棣也跟着发牢（láo）骚（sāo）。

他们没办法，只好随着班级下楼去。

"嘿！他们走得那么慢，不如我们让他们走快

反驳：为了否定别人跟自己不同的理论或意见，而说出自己的理由。
尽善尽美：形容事物非常完美，没有缺陷。
牢骚：烦闷不满的情绪。

一些,演习快一点儿结束,那我们不就可以快一点儿回到教室里做模型吗?"陆立昂在其他三人的耳边说道。

"让他们走快一点儿?"邓鼎不明白。

陆立昂突然冲下楼梯,还大声喊道:"真的失火了,火快烧(shāo)过来了,快逃啊!"

王天翔看了他一眼,立刻明白了。

"快逃啊！火灾了！火灾了！"王天翔也急奔下楼。

同学们一听见他们喊火灾，又看见他们惊慌地逃下楼去，大家以为真的着火了。

结果，大家开始慌了起来，你推我挤，每个人都想赶快下楼去，好几个同学还被推倒了。

"四大天王"站在楼梯下，看见同学们竟然相信他们的话，在那儿大笑了起来。

"哈哈哈哈！哈哈哈哈！骗你们的！笑死我了！"

"王天翔，你们是不是吃饱撑（chēng）着没事干！在这时候恶作剧（jù）？"胡童鞋很生气。

"胡童鞋……他们没有恶作剧……"刘奕雅的声音在发抖（dǒu）。

"刘奕雅，你怎么跟他们一起胡闹啊？"胡童鞋转身指责她。

"你看那边……"刘奕雅指着楼下底层的学生

厕所。

只见那间厕所竟然冒（mào）出了浓浓的白烟，里面着火了！

"着火了！真的着火了！"

大家又慌又怕，争先恐后地要下楼，老师怎么挡都挡不住。

"大家不要推挤！守秩序，一个接一个走下楼！"胡童鞋身为巡察员，立刻站出来协（xié）助老师维（wéi）持秩序。

"呜呜……"有同学跌倒后，爬不起来了。

胡童鞋马上走过去扶起跌倒的同学，叫他站在柱（zhù）子或门后面，别被其他人踩（cǎi）伤。

还有几个同学吓得大哭，站在人群中不敢移动。

"你们贴在墙（qiáng）面，靠（kào）着墙慢慢地走下楼去！"胡童鞋把他们拉到旁边，这样告诉他们。

"啊，我的新发夹（jiā）呢？"白雪儿发现她

胡童鞋成长小说系列

哇，你干吗把墙拆下来？

你叫我贴着墙走啊！

的新发夹掉了，站在原地找，"啊，在那里！喂，你们别踩下去啊！"

"白雪儿，你别弯腰（yāo）去捡（jiǎn）东西，这样很危险的！"胡童鞋急忙阻止她。

"那是我的新发夹……"白雪儿不肯听。

"发夹烂了可以再买……性命失去了，你要去哪里买啦！"胡童鞋不理她，喝（hè）道，"别去捡，后面的同学会撞上你的！快向前移动！"

"哇！"白雪儿敌不过胡童鞋的大力气，眼睁睁地看着新发夹被踩烂，"胡童鞋，你要赔给我！"

"明天送你一对啦！"胡童鞋没好气。

当大家都急着要下楼的时候，突然，有个人从反方向冲来，拼命挤出一条路要上楼去！

"啊，他还要上楼干吗？"

"火都要烧过来了，他还要上去？"

陆立昂用尽全力，左钻（zuān）右钻，终于成功上楼，继续往海洋班的教室跑去。

杨阳担心他出事，急忙尾随着他。

当陆立昂从教室走出来时，他的手上捧着一个桌面大的火山模型。

"陆立昂，你干什么？快放下模型，你不能捧着它逃生，这很危险！"杨阳劝（quàn）他。

"我一定要带它离开！我好不容易才完成，不

胡童鞋成长小说系列

你别再走了！

再不走，火山模型就会被火烧掉！

能让它被火烧掉！"陆立昂不听。

"你捧着模型，动作会变慢，你也看不见脚下的路，这样很容易跌倒的！"杨阳伸手要拿走他的模型。

"如果我的模型被烧掉了，明天就不能展出，你是不是希望这样？"陆立昂用身体顶开杨阳，喊道，"你走开啦！"

陆立昂说完就急奔下楼，但模型实在太大，他又紧张，正如杨阳所说，他根本看不见脚下的路，结果一踩空……

"啊！"

幸好在滚下楼梯之前，杨阳及时拉了陆立昂一把，他才没掉下去。

"杨阳？"

"我帮你！"杨阳把火山模型拿过来，顶在自己的头上便走下楼去。

"啊！谢谢……"陆立昂没想到杨阳会这么做，他急忙跟在杨阳的后面。

一场混（hùn）乱后，所有的同学终于在操场上集合，各班级的老师在点名，确认大家都安全了。

"厕所怎么还在冒烟啊？"

失火了，快逃

胡童鞋成长小说系列

浓烟！不是发生火灾了吗？

我没说有火灾啊！

"没人去把火扑（pū）灭吗？"

大家看见厕所还在冒烟。

没一会儿，萧队长竟然从冒烟的厕所里走了出来。

他全身穿着消防装备，把一个燃（rán）烧着的铁桶从厕所拉到走廊上。

萧队长拿起灭火器，动作利落地把喷嘴对着火喷，没几秒就把火扑灭了。

啪啪啪啪啪！

同学们纷纷鼓（gǔ）掌（zhǎng）欢呼。

"队长好棒（bàng）！"

"消防员成功救火了！我们不会被烧死了！"

胡童鞋看着、看着，觉得不太对劲。

"火灾是假的？"她指着铁桶喊了起来。

"你说得没错，这一场火灾是假的。"萧队长摘（zhāi）下了防护罩（zhào）。

同学们听了萧队长的话，非常惊讶（yà）。

"为什么……"胡童鞋不明白。

"上星期的消防演习，大部分同学的态（tài）度都很不认真，甚（shèn）至当作是一场游戏。萧队长讲解逃生时要注意的事项（xiàng），没几个同学照做，这是很危险的事。因此，我与萧队长，还有全体老师策（cè）划（huà）了一场'假火灾'，

胡童鞋成长小说系列

希望同学们从此会认真地看待，有了火灾的逃生方法，你们才能保住性命。"裘校长解释。

"我还以为真的发生火灾了……幸好……"

"刚才我完全不知道该怎么做，万一真的发生火灾，我肯定逃不了！"

"火灾好可怕，我一定要认真学习逃生技能。"

这场"假火灾"让所有的同学都醒悟（wù）了，大家不敢再掉以轻心。

"今天，我特别要表扬胡童鞋和杨阳这两个同学，他们不但记下了萧队长的讲解，而且在混乱时还能保持镇（zhèn）定，帮助同学们逃生。"裘校长说道。

大家热烈（liè）地鼓掌。

掉以轻心：对某种问题漫不经心，不当回事。

失火了，快逃

你干吗带灭火器来上学？

我担心还会有火灾啦！

"有奖（jiǎng），但也有罚哟！我接到报告，有几个同学竟然在消防演习时恶作剧，制造混乱，这是非常严重的过失！那几个同学，散会后到校长室来见我，我一定会好好地'招待'你们。"

同学们的掌声再次响起，这次更热烈了。

"四大天王"的头低得下巴都要碰到胸口了。

到底裘校长会如何"招待"他们？大家都很好奇呢！

失火了，救命

不好了，我得通知纪老师！

老师……厕所……失火了！

哇，真的很多烟呢！

你们又玩水！

原来是严老师的怒火……

还以为失火了呢……

故事 5

兄弟姐妹之间，难免会有争吵、不和，只要好好地沟通，你就会发觉对方其实没那么讨人厌。

给我钱买冰淇淋！

别拉我的头发！

超级讨厌鬼

住手！我要抄名字了！

好可怕的弟弟！

超级讨厌鬼

97

早上，蔡文婕匆（cōng）匆忙忙地冲进教室。

"对不起，纪老师。我……迟到了。"

若不是因为要等赖（lài）床的弟弟起身一起上学，蔡文婕就不会迟到了。

"都是那个讨厌鬼，害我迟到！"蔡文婕心里埋怨。

"蔡文婕，记得把昨天发的语文作业交上来，大家都交了。"纪老师指着她桌上的一叠（dié）作业簿。

"好的。"蔡文婕翻（fān）书包找她的作业簿。

> 老师，你看！蔡文婕的作业簿很漂亮呢！

> 这是语文作业，还是美术作业啊？

超级讨厌鬼

　　找到后，她翻开来检查，看看有没有遗（yí）漏（lòu）的习题。

　　"啊！"蔡文婕突然惊呼。

　　同学们好奇地向她望去，纪老师也停下了讲课。

　　只见蔡文婕的作业簿上五彩缤（bīn）纷（fēn），只要有空白的地方都有彩色铅笔画的小图。

　　"好漂亮！你画的吗？"胡童鞋忍不住赞（zàn）

叹（tàn）。

"蔡文婕，你在作业簿上画满了图，叫我怎么批（pī）改呢？"纪老师皱（zhòu）起了眉（méi）头。

"老师，你放心，那些图都没碰到字，你还是可以批改的！"胡童鞋看得很仔细。

"老师，不是我画的……"蔡文婕害怕地看着纪老师。

"不管是谁画的，快擦（cā）掉吧！"纪老师说完，回到黑板前面继续讲课。

蔡文婕委（wěi）屈（qū）地埋（mái）头一直擦、一直擦，她知道这是弟弟蔡一结的杰作，她越擦越生气。

"讨厌鬼，你还要害我多少次啊？"

放学后，蔡文婕带蔡一结一起回家。

蔡文婕的爸爸和妈妈经营（yíng）了一家餐馆，

他们一大早就要开店做生意，直到晚上才结束，常常留下他们姐弟俩在家。

"蔡一结，为什么你在我的作业簿上乱涂（tú）鸦（yā）？"蔡文婕生气地问弟弟。

"有吗？哦……我想起来了！送给你，不收钱，以后我成了大画家，你要我画就要付钱了！"蔡一结跳上沙发，然后拿电视遥（yáo）控（kòng）器（qì）来按。

"你……"蔡文婕总是被他气得说不出话来。

"蔡文婕，我肚子饿了。"蔡一结喜欢欺负蔡文婕，不叫她姐姐。

爸爸和妈妈不在家时，蔡文婕必须做饭、做家务，还要照顾（gù）弟弟。

"为什么姐姐一定要照顾弟弟？如果没有弟弟

涂鸦：随意涂画。

的话，我就会很快乐了。"

这个问题蔡文婕想了很久，一直都没有答案。

当蔡一结还在看电视的时候，蔡文婕已经做好了饭，洗了衣服，扫了地，洗了澡，终于可以坐下来做功课了。

这时候，爸爸和妈妈回来了。

"爸爸妈妈回来了！"蔡一结第一个冲去开门，帮他们拿东西，"妈妈，我帮你拿。"

"这个给你。"蔡爸爸递给他一个袋子。

"哇，BB枪（qiāng）！"蔡一结看见袋子里的玩具BB枪，开心得跳了起来。

蔡文婕抬头看了一眼，心里想：讨厌鬼又要带灾（zāi）难（nàn）给我了。

"你吵了爸爸很久，他受不了，就去买了一把给你玩。"蔡妈妈看到蔡一结的反应，忍不住笑了，"他说是奖励你的数学得到一百分。"

"谢谢爸爸！"蔡一结迫不及待地拆开盒子。

坏人,别动!把双手举起,不然警察就开枪!

我可以不玩这么幼稚的游戏吗?

"嗯……咦,蔡一结,你怎么还穿着校服?"蔡爸爸皱着眉头。

"这……姐姐没叫我去洗澡!"蔡一结竟然赖蔡文婕。

"你怎么没叫弟弟去洗澡啊?"妈妈责(zé)怪蔡文婕。

胡童鞋成长小说系列

> 蔡文婕，浴缸的水放满了没？我要泡澡了！

> 我们家哪有浴缸啦！

"啊？"蔡文婕一阵错愕（è），没想到蔡一结长这么大了，还要她来提醒他去洗澡。

"弟弟还小，你当姐姐的要让他先洗澡，然后才轮到你洗，不能只顾着自己啊！"

错愕：仓促间感到惊愕。

104

"哦……"

是的，姐姐永远都要让着弟弟，即使弟弟不对。

虽然今天是星期天，但蔡文婕的爸爸和妈妈也需要做生意。

蔡文婕一早起身就把家里打扫干净，而蔡一结带着他的新玩具找邻居玩去了。

好不容易做好了家务，蔡文婕想要看电视，休息一下。

"啊，电视正播（bō）着班上同学最近在讨论的偶像剧！"

当她津（jīn）津有味地观赏（shǎng）偶像剧时，蔡一结回来了，还带了两脚的泥浆（jiāng）回来。

"喂，你的脚！我刚擦地……"蔡文婕指着他的两只脏（zāng）脚。

"你再擦一遍不就行了吗？大惊小怪。"蔡一结走进厕所里洗脚。

蔡文婕叹了一口气，无奈（nài）地拿了拖把重新擦地，不时转头看电视。

"时间刚刚好！"蔡一结拿起遥控器就转到了他的卡通频道。

"蔡一结，我还要看……"蔡文婕很着急，剧情正播到紧张的部分。

"我要看卡通。"

"但是，我看到一半……"

"你不让我看，我就告诉爸爸和妈妈，你偷看情情爱爱的偶像剧！"蔡一结竟然出这一招。

"你……"蔡文婕气得要哭出来了。

她拿他没办法，纵（zòng）使心里不满，也只好忍气吞声。

蔡一结一边看电视，一边学动画里的主角，在沙发上拳（quán）打脚踢（tī）。

突然，他看见墙（qiáng）壁（bì）上有一只壁虎。

"哼，竟敢闯（chuǎng）入我宇（yǔ）宙（zhòu）超人的地盘（pán）？"他马上拿起玩具BB枪。

啪！啪！啪！

从BB枪发射（shè）出来的弹珠（zhū）不断地往壁虎的身上招呼，壁虎感觉生命受到威（wēi）胁（xié），想要从百叶窗逃出屋外，弹珠还是紧追着不放。

啪！啪！

"蔡一结，别射！玻璃窗会烂的！"蔡文婕急得大叫。

只见弹珠射到了其中一块百叶窗的框（kuàng）架，松（sōng）脱的玻璃摇（yáo）摇欲（yù）坠（zhuì）。

"哎呀！"蔡文婕紧张得大喊。

"哼，你以为逃出去就没事吗？宇宙怪物，我不会放过你的！"蔡一结根本没理会，他跑到屋外继续追捕壁虎。

蔡文婕丢下拖把，慌张地跑到百叶窗前。

"幸好来得及……"蔡文婕接住了玻璃，她上下摆（bǎi）弄框架，尝（cháng）试把玻璃固（gù）定好，"应该不会掉下来了……"

她检查了一下，然后转身继续擦地。

哐（kuāng）啷（lāng）！

完了，那块玻璃掉在地上，烂成碎片！

"啊！"蔡文婕顿（dùn）时目瞪口呆。

"哦！你打烂了玻璃窗，我要告诉爸爸和妈妈，你完蛋了！"蔡一结闻声跑过来。

"我没有……"蔡文婕百口莫（mò）辩（biàn）。

晚上，蔡爸爸和蔡妈妈回家时，蔡一结立刻向他们打小报告。

"不是我打烂的，是弟弟他……"蔡文婕急着要解释。

"玻璃掉下来的时候，我在院子里追壁虎，姐姐在窗子旁边！"

"文婕，你打烂了玻璃，竟然还想赖弟弟？"蔡爸爸不高兴。

"不是的，弟弟他……"蔡文婕又急又气。

"够了，我们工作了一整天已经很累了！"蔡妈妈说完就进了厨（chú）房。

百口莫辩：形容无法将事情说清楚（多用于受冤屈、被怀疑等情况）。

蔡文婕呆站在原地，没人发觉她的眼泪簌（sù）簌地流下。

"我讨厌弟弟！"

午休时，蔡文婕一个人在食堂里默（mò）默吃着她带来的盒饭。

"哈哈哈哈！"

蔡文婕听见后面传来嬉（xī）笑声，转头一看，原来是胡童鞋她们走了过来。

"我看啊，你一定会写上那个明星的名字！他是你的偶像，全世界都知道了！"胡童鞋在取笑周子温。

"你别只会说我，你也想写杨阳的名字吧！"周子温不甘（gān）示弱（ruò）。

"'许愿（yuàn）墙'真的那么灵（líng）验（yàn）吗？"刘奕雅很好奇。

"不知道，我是听毕业很久的学长说的，应该灵验吧？"

"刘奕雅，你有没有愿望？你就试一试把愿望写在'许愿墙'上，就知道灵不灵喽！"

"你们在讨论什么啊？"蔡文婕很好奇。

灵验：（预言）能够应验。

"'许愿墙'啊!在储(chǔ)物室后面,面向草丛(cóng)的那一道墙……"

"那里……平时没人会走过去,静悄(qiāo)悄的。"

"所以才会没什么人知道啊……"

听了她们的谈话后,一个念头突然在蔡文婕的脑袋里浮(fú)现。

家里的洗衣粉用完了，蔡文婕去社区里的杂货（huò）店买。

洗衣粉很重，下午的阳光又猛（měng），蔡文婕走得汗流浃（jiā）背。

当她经过一间木屋时，看见院子里有一只黑狗趴（pā）在地上。

黑狗察觉到有人经过，立刻警觉地站起来，盯着蔡文婕。

汪汪！

黑狗吠（fèi）了两下，蔡文婕吓得拔腿就跑。

黑狗见蔡文婕跑，便开始追她。

"哇！"蔡文婕的内心充满了恐（kǒng）惧（jù），只知道要拼命跑。

"哎哟！"蔡文婕踩（cǎi）到沙子，身体失去平衡（héng），跌在马路上。

黑狗冲过来，站在她的前面不停地吠！

胡童鞋成长小说系列

> 大黑,你已被捕!别再反抗!

汪?

黑狗的尖牙和口水在蔡文婕的眼里不断地放大,她感觉黑狗在下一秒就会扑上来咬她,她的脑袋里只有三个字:完蛋了!

嗷(áo)!

突然,黑狗哀(āi)号(háo)了一声,身体向后退去。

嗷!嗷!

黑狗又发出哀号,终于夹着尾巴转身逃跑。

"哼，在我宇宙超人的地盘欺负弱小，这就是你的下场！"原来是蔡一结及时出现，用玩具BB枪击（jī）退了黑狗。

"弟……"蔡文婕看见是弟弟，回过神来，忍不住大哭，"哇——哇——呜——呜——"

"蔡文婕，别哭，没事了。"蔡一结抱起洗衣粉就走。

今天，她第一次觉得，这个讨厌鬼没那么讨人厌。

今天是星期六。

从早上到中午，蔡文婕都不见蔡一结的身影。

"这蔡一结，怎么玩得连午餐都不回来吃啊？他不会有事吧？"蔡文婕觉得不安。

突然，她想起了"许愿墙"！

她越想越担心，于是打电话给胡童鞋。

"喂，胡童鞋……我是蔡文婕……"

胡童鞋成长小说系列

"蔡文婕？什么事？"

"那个'许愿墙'上的愿望……要如何才能取消呢？"

"取消愿望？'许愿墙'？啊，你在墙上写了愿望？"

"对……现在我不要了……我要取消……"

"你许了什么愿望啊？"胡童鞋很好奇。

"我……写了：希望弟弟从这世界上消失……"

"啊，为什么你希望蔡一结消失？你讨厌他？"

"因为他是讨厌鬼……你认识蔡一结？"

"我这个月都在看管他的班级啊！他看起来不讨厌。那天，我还看到蔡一结找纪老师道歉（qiàn）呢！他拜托纪老师不要惩（chéng）罚（fá）你，他说作业上的图是他画的，不关你的事……"

"呜呜……"蔡文婕听了立刻哭了出来。

"蔡文婕，'许愿墙'不是真的啦！周子温那天写了希望明星去她家，结果鬼影都没有！哈哈！"

挂了电话后，蔡文婕还是不放心，立刻联络了父母。

蔡爸爸请邻居们帮忙，终于在后山找到了蔡一结。原来他带了玩具BB枪，自己跑到后山去玩，玩得忘了时间，害大家虚（xū）惊一场。

"你啊，怎么那么顽（wán）皮？如果你像姐姐那么听话，我就不必天天提心吊（diào）胆（dǎn）了！"妈妈拉着蔡一结的耳朵。

蔡一结看着蔡文婕又红又肿（zhǒng）的眼睛，问道："像她？变成爱哭鬼吗？"

说完，他还向蔡文婕扮鬼脸。

"讨厌鬼！"

蔡文婕被这顽皮的弟弟逗（dòu）得又哭又笑，她觉得蔡一结其实没那么讨人厌了呢！

蔡一结，你的耳朵怎么了？

妈妈拉的……

超级麻烦鬼

乖乖坐着，不要弄脏地板！
蔡文婕，我要电视遥控器。
给你！免得你弄脏地板！
蔡文婕，我要……
坐着不准动！
好吧！你叫我不准动，那我就坐在这里小便。
不要！

如果发现身边有特殊儿童，我们要给他们关心和多一点儿耐心，让他们可以快乐地成长。

嘿嘿！龙卷风来了！

大战龙卷风

看我把你吸进吸尘器里!

纪（jì）律（lǜ）主任严（yán）老师把新的巡察员值（zhí）勤（qín）表贴在布告栏上。

巡察员们热烈地讨论着自己将会在哪里站岗，或者是被安排看（kān）管哪一个班级。

"胡童鞋，你被分配（pèi）到哪里站岗呢？"周子温问道。

"等一等，我看看……看到了，我要负责看管龙卷风班！"

"龙卷风班？"

"谁被派（pài）去看管龙卷风班？"

"幸好不是我！"

几个巡察员听见有人被分配去看管龙卷风班，顿时议论纷纷。

"请问龙卷风班怎么了？为什么你们看起来好像很害怕？"周子温问他们。

"哈！没……没什么啊！"

"如果你能看管好龙卷风，那么未来任何任务都难不倒你了！"

胡童鞋成长小说系列

其他的巡察员担心胡童鞋知道真相后,会要求调换看管的班级,所以都不肯告诉她们。

"什么嘛?说了等于没说。"周子温更糊(hú)涂了,"胡童鞋,龙卷风班好像很恐(kǒng)怖(bù),你要不要跟严老师说换一换?"

"不必!我胡童鞋是非常专业的巡察员,从来没有管不了的班级,哼哼!"胡童鞋充满了信心。

今天是胡童鞋第一天看管龙卷风班。

当她正要走进龙卷风班的教室时,突然……

"哎呀!"

一个小男生猛地撞(zhuàng)上胡童鞋,差点儿把她撞倒在地上。

那个小男生完全没停下来,撞了胡童鞋后继续奔(bēn)跑,而且速(sù)度(dù)很快!

"你怎么搞的?撞到人了,不会道歉(qiàn)吗?"胡童鞋很生气,拔腿就追,"你给我站住!"

"嘻嘻！嘻嘻！"小男生没理会胡童鞋的呼喊，他跑下楼梯，一路上撞到了不少人，更多的人是在闪（shǎn）避（bì）他。

大家好像已经习惯了他的横（héng）冲直撞。

"我叫你站住！"胡童鞋再次喊他。

"巡察员姐姐，他不会听你的话，你别白费力气了！"不知道谁在后面告诉胡童鞋。

"哼，不听我的话？你最好别让我抓到！"

胡童鞋奋（fèn）力猛追，小男生的动作不是普（pǔ）通的快，她费了九牛二虎之力，终于抓到了他的袖（xiù）子。

"呼……你还要往哪里跑？"

"放开我！放开我！"小男生用力地挣（zhēng）扎（zhá）。

横冲直撞：乱冲乱闯。

大战龙卷风

胡童鞋成长小说系列

胡童鞋好不容易才抓到他,便紧紧地抓着不松手。

不久后,上课铃声响起来了。

"为了你一个人,我用了一整个早上'管班'的时间,累死我了!"

后来,胡童鞋打听到那个小男生姓龙,大家都叫他"龙卷风"。

胡童鞋没想到第一天就这么刺激,见识到"龙卷风"的威(wēi)力呢!

第二天早上,胡童鞋又到龙卷风班去。

"哼!那个顽(wán)皮鬼在哪里?"她一走进龙卷风的教室,立刻寻找那个小男生的身影。

"哇!"

一阵大哭的声音传了过来。

只见龙卷风正在大口地用手抓面来吃,旁边的女生看着他大哭。

"怎么了？"

"姐姐……"

"咦（yí），咪咪？原来你也在这一班啊？"胡童鞋转头看见邻居咪咪。

"姐姐，龙卷风没有问过青青，就拿了她放在抽屉里的面来吃……"咪咪告诉胡童鞋。

"他怎么会这么没礼貌（mào）？"

"龙卷风常常这样，不问自取，我们都不敢让他看到我们的食物、文具和书，他会把食物吃掉，把东西弄坏……"咪咪继续报告。

"龙卷风，不要！"一个同学惊叫。

龙卷风吃完了面，他看到同学手上的豆奶，转身就抢过来喝。

"你这小子，有完没完啊？"胡童鞋气极了，伸手就要去阻止他。

他用力地甩（shuǎi）开胡童鞋的手，开始在教室里躲（duǒ）避。

胡童鞋追，他就躲。

龙卷风一会儿钻（zuān）进桌底，一会儿爬到椅子上，跟胡童鞋玩起了追逐（zhú）游戏。

"嘻嘻！嘻嘻！"

"你别跑！"

龙卷风从椅子爬到桌子上，在桌子之间来回跳

跃（yuè），同学们惊叫连连。

"快下来！"

"嘻嘻！"龙卷风好像没听见胡童鞋的话，他继续玩他的跳桌子游戏。

他的动作很快，完全不怕危险，好几次差点儿踩（cǎi）空，胡童鞋捏（niē）了一把冷汗。

胡童鞋成长小说系列

　　他跳啊跳,跳到了一张靠(kào)着木橱(chú)的桌子时,竟然爬上了木橱。

　　"喂,你不可以上去,快下来啊!"胡童鞋急了,很担心他会掉下来受伤。

　　"嘻嘻!嘻嘻!"

　　"龙卷风以为他是超人吗?"

　　"超人?不是吧?你别跳下来……"胡童鞋看着站在木橱上的龙卷风,背脊(jǐ)都凉了。

"超人？"龙卷风听见了同学们的话，高举双手，发出声音，"咻（xiū）！咻！"

"班长，快去找老师来！任何一位老师都行！快！"胡童鞋吩咐班长，她的眼睛不敢离开龙卷风。

幸好严老师就在附近，他赶紧冲进教室，站上椅子把龙卷风抱下来。

"不要！我是超人，我会飞！"龙卷风不断地挣扎，幸好严老师没有头发，要不然肯定被他扯光。

"胡童鞋，你先回去上课，这里由老师来处理！"严老师告诉胡童鞋。

"喔……"

经过这一场闹剧，胡童鞋就好像遭（zāo）遇了一阵强烈的龙卷风那样，把她卷上去，再抛（pāo）下，令她遍（biàn）体鳞（lín）伤，真是累坏了！

严老师把龙卷风带到校长室去，裘校长打了一通电话给他的父母。

等了很久，龙卷风的父母终于来了。

"又有什么事啊？我们做生意很忙的，你们学校几乎每天叫我们来，生意还怎么做下去啊？"

"对啊！怎么那么麻烦？"

龙爸爸和龙妈妈一来就大声嚷嚷，很不高兴。

"龙先生、龙太太，很抱歉要你们过来学校一趟（tàng）。龙卷风又失控（kòng）了，他爬上木橱想要跳下来，我们只好通知你们来接他回去。"

大牛，快跑！

我的儿子只是比较活泼……

"小孩子爬高爬低,这很正常啊!你们也太大惊小怪了吧?"龙妈妈不以为然。

"但是,龙卷风的行为不像是普通的孩子,他没有一刻可以静下来,老师们真的拿他没办法。"

"他只不过是比较活泼(pō)、好动,这有错吗?"龙爸爸反驳(bó)。

"这……我之前建(jiàn)议(yì)你们带孩子去医院检查,请问你们……"裘校长问道。

"检查什么?我的孩子没有病,干吗要检查?他只是比较顽皮,你们要把他教好啊!怎么可以把责任推到父母的身上来?"龙妈妈强(qiǎng)词夺(duó)理。

"要不然,小心我去投(tóu)诉你们学校!"

不以为然:不认为是对的,表示不同意(多含轻视意)。
强词夺理:本来没有理,硬说成有理。

"吼（hǒu）！"严老师听了，立刻火冒（mào）三丈高。

"宝贝，我们回家，爸爸带你去吃好吃的！"

"哼！"

龙卷风的父母说完，拍拍屁股就走了。

裘校长和严老师看着他们的背影，一时说不出话来。

"唉，可怜的孩子……"

不知不觉，两个星期过去了。

在这两个星期里，胡童鞋不断和龙卷风"恶斗"。

每天他都有新花招：折（zhé）断所有的粉笔、撕（sī）烂同学的书本、不愿（yuàn）意排队、推同学跌倒、用扫把来擦（cā）黑板……

"龙卷风是我见过最难搞的学生，但我不会被他打败（bài）的！"

虽然胡童鞋应付得精疲（pí）力尽，但她并没想过放弃（qì），直到有一天……

今天，胡童鞋如平日那样去了龙卷风班。

昨天追龙卷风时，她不小心擦伤了脚，伤口在走动时会疼（téng），所以走得比较慢。

当她踏进教室时，龙卷风迎面扑（pū）了过来。

"哎哟！"龙卷风刚好撞上胡童鞋脚上的伤口，疼得她大叫。

"嘻嘻！"龙卷风一样嬉皮笑脸地看着她。

姐姐，你没事吧？

我好得很……

大战龙卷风

135

胡童鞋成长小说系列

"你这小子……"胡童鞋伸手要去抓他。

龙卷风用力地把手一甩,胡童鞋站不稳(wěn),差点儿就跌倒在地上。

龙卷风不理会她,转身从楼梯跑下楼去。

"姐姐,你没事吧?"咪咪赶紧出来扶住胡童鞋。

"没事、没事!气死我了!"

"姐姐,你要去追龙卷风吗?"咪咪问道。

"不追了!他爱去哪里,就去哪里吧!我不管了!"胡童鞋真的很生气。

龙卷风跑下楼后,一路狂奔,一直跑到食堂才停下。

他东瞧(qiáo)瞧,西看看,竟然走进了食堂的厨房。

"嘻嘻!"

厨房里的工人们正忙着准备今天的食物,没人留意到龙卷风溜(liū)了进来。

看到工人们在炒面,他便快步地走了过去。

当工人转身要将炒好的面倒在后桌上的盘子里时,没发现有人站在他的身后,一撞之下,锅(guō)里热腾(téng)腾的面全倒在龙卷风身上!

"啊!"

"哇!"

龙卷风疼得大声惨(cǎn)叫,发出的声音让

人听了心惊肉跳！

第二天，龙卷风的父母来学校大吵大闹。

"你们是怎么看孩子的？学校里有那么多人，竟然连一个孩子都看不好！厨房那么危险的地方，为什么你们让他进去？"

"现在我的孩子受伤了，谁来赔偿（cháng）损失？你们明知道他比较好动，怎么没特别留意他的行为？"

他们你一言我一语的，拼命地质（zhì）问裘校长。

"请两位先冷静，听我说……"裘校长好不容易有机会说话。

"总之，我们一定会去投诉你们学校，还要把这件事情发到网上，让大家知道地球小学有多烂！"

他们发泄（xiè）完就气冲冲地走了，完全没给裘校长解释的机会。

"唉……"

后来，胡童鞋想了很久，她决定去找严老师。

"严老师在校长办公室里。"一名老师告诉她。

于是，胡童鞋便往裘校长的办公室走去。

她知道了昨天龙卷风被烫（tàng）伤的事后，觉得很内疚（jiù），想要向裘校长"辞（cí）职（zhí）"，不当巡察员了。

"校长……严老师……"胡童鞋敲（qiāo）门后走进去。

"胡童鞋？有什么事吗？"

"昨天如果我追上去，龙卷风就不会受伤……我觉得我不配再当巡察员……"胡童鞋很难过。

"喔？"

内疚：内心感觉惭愧不安。

"校长，对不起，害你被投诉了……严老师，对不起，让你失望了……"胡童鞋的眼泪快要掉下来了。

"胡童鞋，这不是你的错啊！"裘校长转头对严老师说道，"严老师，你告诉她吧！"

"昨天，我去医院探望龙卷风，听见医生告诉龙卷风的父母，他对龙卷风做了初步检查，怀疑龙卷风是过动儿。"

"过动儿？是不是那种一刻都静不下来，精力充沛（pèi）的特殊（shū）儿童？"胡童鞋很惊讶。

"龙卷风没办法好好地坐着，不是他顽皮，而是他控制不住自己。"

"我们早就怀疑他有这问题，校长已经三番五次叫他的父母带他去医院检查，但他们完全不肯接受建议。吼，结果就出意外了！"

"过动儿必须送到特殊学校学习，他们的情况不是普通学校的老师能够处理的，更何况是你。所

大战龙卷风

龙卷风,我叫你停下!

我想停下,但是我的脚不听话!

别停!

快跑!

以,你别再怪自己了。"裘校长安慰她。

"原来如此!"胡童鞋终于露出笑脸。

"那现在你还当不当巡察员?"严老师问她。

"当!我还要当巡察员团(tuán)长呢!"胡童鞋的自信又回来了。

胡童鞋成长小说系列

"呵呵……"

从那天起,胡童鞋再也没见过龙卷风了。她真心希望特殊学校能帮助龙卷风,让他健康地成长,快乐地学习!

姐姐,我要走了!再见!

龙卷风,你要快乐啊!

龙卷风来了

咻！
龙卷风来了，快逃！
咻！

咻！
一定是那个叫龙卷风的小男生又捣蛋了！
咻！

看我如何收拾他！
哇！ 哇！

咻！
咻！
哇，是真的龙卷风！
咻！

创意对白设计

快发挥你的创意，在下面的四格漫画内填入有趣的对白。

我的成长日记

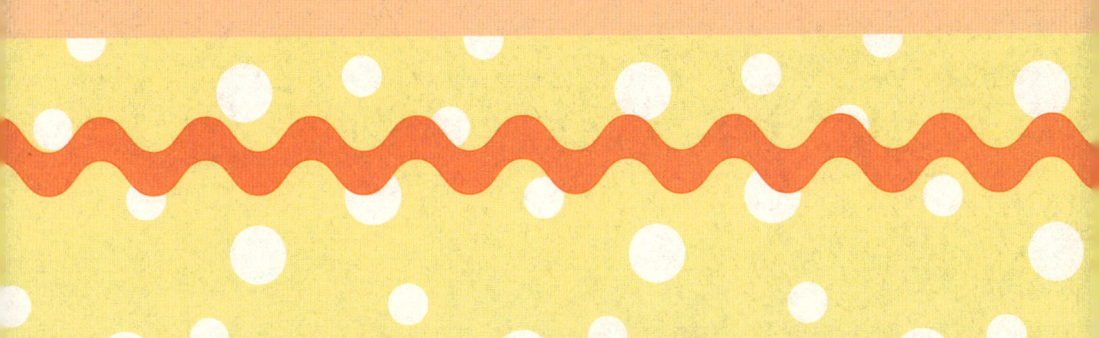

胡童鞋成长小说系列

图书在版编目(CIP)数据

大战龙卷风/(马来)李慧星著;骑士喵工作室绘. —福州:海峡文艺出版社,2021.11
(胡童鞋成长小说系列)
ISBN 978-7-5550-2650-1

Ⅰ.①大… Ⅱ.①李…②骑… Ⅲ.①儿童故事－作品集－马来西亚－现代 Ⅳ.①I338.85

中国版本图书馆 CIP 数据核字(2021)第 091350 号

本书原版由知识报(马)私人有限公司[Chee Sze Poh (M) Sdn Bhd]在马来西亚出版,今授权福建海峡文艺出版社有限责任公司在中国大陆地区出版其中文简体字平装本版本。该出版权受法律保护,未经书面同意,任何机构与个人不得以任何形式进行复制、转载。

项目合作:锐拓传媒(copyright@rightol.com)

著作权合同登记号:图字 13－2020－069

大战龙卷风

[马来西亚]李慧星 著 骑士喵工作室 绘

责任编辑	蓝铃松
助理编辑	刘含章
出版发行	海峡文艺出版社
经　　销	福建新华发行(集团)有限责任公司
社　　址	福州市东水路 76 号 14 层
电话传真	0591－87536797(发行部)
印　　刷	福州德安彩色印刷有限公司
厂　　址	福州市金山工业区浦上标准厂房 B 区 42 幢
开　　本	880 毫米×680 毫米　1/24
字　　数	55 千字
印　　张	6.5
版　　次	2021 年 11 月第 1 版　2021 年 11 月第 1 次印刷
书　　号	ISBN 978-7-5550-2650-1
定　　价	26.00 元

如发现印装质量问题,请寄承印厂调换　电话:0591－28059365